Moby Dick

Herman Melville

adaptação de Leonardo Chianca
ilustrações de Salmo Dansa

editora scipione

Responsabilidade editorial
Mauro Aristides

Edição de texto
José Paulo Brait

Assistência editorial
Ivonete Leal Dias

Roteiro de trabalho
Catarina Iavelberg

Coordenação de arte
Maria do Céu Pires Passuello

Programação visual de capa e miolo
Aída Cassiano

Ilustrações
Salmo Dansa

editora scipione

Avenida das Nações Unidas, 7221
Pinheiros – São Paulo – SP – CEP 05425-902
Atendimento ao cliente: (0xx11) 4003-3061

www.aticascipione.com.br
atendimento@aticascipione.com.br

2024

ISBN 978-85-262-8222-3 – AL
CAE: 261716
Cód. do livro CL: 737789
Cód. da OP: 248695
2.ª EDIÇÃO
10.ª impressão

Impressão e acabamento
Forma Certa Gráfica Digital

Dados Internacionais de Catalogação na Publicação (CIP)
(Câmara Brasileira do Livro, SP, Brasil)

Chianca, Leonardo

Moby Dick / Herman Melville; adaptação de Leonardo Chianca; ilustrações de Salmo Dansa. – São Paulo: Scipione, 2003. (Série Reencontro infantil)

1. Literatura infantojuvenil I. Melville, Herman, 1819-1891 II. Dansa, Salmo. III. Título. IV. Série.

03-3038 CDD-028.5

Índices para catálogo sistemático:

1. Literatura infantojuvenil	028.5
2. Literatura juvenil	028.5

Sumário

O mar é minha casa

Meu nome é Ismael. Vou contar uma história que aconteceu comigo. Ela parece inacreditável, mas posso jurar que é a mais pura verdade.

Há alguns anos, ao perceber que meu porta-moedas estava quase vazio, e antes que passasse por maiores necessidades, decidi voltar a navegar.

Eu não tinha nada que me prendesse em Manhattan, lugar onde vivia. Não era casado, não tinha filhos nem emprego fixo. Vivia de bicos – um serviço aqui, outro ali. E, de tempos em tempos, fazia o que mais gostava no mundo: lançava-me ao mar, que sempre adorei, a navegar por suas águas de horizonte infinito que inundam nosso planeta.

Como eu não tinha um barco, viajava como marujo. Não era complicado: ia até o porto, procurava uma embarcação que estivesse saindo para comercializar um produto em algum canto do mundo, oferecia-me para trabalhar a bordo, acertávamos um valor e pronto – eu embarcava. Geralmente eram viagens que costumavam durar dois ou, às vezes, seis meses. Apenas algumas duravam quase um ano, em alto-mar.

Daquela vez, resolvi embarcar em um baleeiro para caçar baleias. Não sei bem por quê, mas sempre tive atração por baleias, monstros impressionantes e misteriosos que povoavam minha imaginação desde criança.

Ao pensar que elas eram encontradas em mares que eu desconhecia, como o oceano Pacífico, fiquei ainda mais atraído. Sempre adorei o desconhecido, lugares novos e paisagens surpreendentes, navegar em mares perigosos e desembarcar em praias selvagens.

No mar, sinto-me como se estivesse em casa. Para mim, ele era um lugar onde descobria um mundo diferente e fazia novos amigos.

A Estalagem da Baleia

Era uma tarde de dezembro. Enfiei uma calça e duas camisas em meu saco de marinheiro e parti em direção ao Pacífico. Quer dizer, tive primeiro de ir ao porto de New Bedford e, dali, à ilha de Nantucket, de onde saíam os melhores baleeiros americanos, ponto de partida das mais antigas expedições.

A noite em New Bedford estava úmida e muito fria. Eu logo soube que teria de esperar dois dias por uma embarcação que me levasse a Nantucket. Precisava encontrar, então, um lugar para dormir, mas que fosse muito barato, pois quase não tinha dinheiro.

Depois de perambular por todas as ruas próximas ao cais, encontrei uma espelunca com uma tabuleta, que rangia balançando ao vento e que tinha um desenho meio apagado de um jato de água espirrando para o alto. Abaixo dele, o nome do lugar: “Estalagem da Baleia”.

Não tive dúvidas de que ali passaria minha noite. Empurrei a porta e entrei, cauteloso. Vários marinheiros, sentados em volta de uma grande mesa, bebiam em silêncio. Um relógio de parede marcava quase meia-noite. E, atrás do balcão, um homem sisudo olhava-me enquanto enxugava um copo.

– Boa noite, senhor. Queria um quarto para duas noites.

– Impossível – respondeu ele –, todos os quartos estão ocupados.

Ao perceber minha expressão de quase desespero, pois imaginei como seria desastroso dormir na rua, com um tempo daqueles, o homem bateu com a mão na testa e me propôs:

– Espere um pouco! Há uma possibilidade... Você vai sair à pesca da baleia, não é?! – perguntou ele.

E, antes que eu respondesse, prosseguiu:

– Seria inconveniente partilhar uma cama com um arpoador? É uma cama grande, fique tranquilo. Assim, você já vai se habituando com seus futuros companheiros de viagem!

A possibilidade de dormir com um desconhecido não me animava, mas o que poderia fazer? Além disso, a hospedagem ficaria quase de graça. Aceitei, então, a oferta, porém quis saber quem seria meu companheiro de quarto.

– É um bom homem, não se preocupe – disse ele, sorrindo. – É só um pouco esquisito... Mas venha, sente-se aí para que eu lhe sirva alguma coisa para comer.

Meia hora mais tarde, eu estava aquecido e de barriga cheia, e o dono da estalagem levou-me até um pequeno quarto no andar de cima.

O cômodo era rústico, com poucos objetos. Sua cama era realmente enorme e podia acomodar vários arpoadores. Próximo a ela, havia um molho de anzóis e um grande arpão, o que me chamou a atenção.

Confesso que não me sentia à vontade com a situação, mas estava confiante de que tudo daria certo.

Quando já me encontrava debaixo das cobertas, a porta se abriu. “Ai, meu Deus, me proteja!”, pensei.

Segurando uma candeia na mão direita e um pequeno saco na esquerda, um grande vulto adentrou o quarto. Pousou a candeia sobre uma mesa, de costas para mim.

Mal acreditei no que vi: o arpoador era um homem alto e muito forte, com a cabeça raspada e um tufo de cabelos no alto. Estava sem camisa... e, para minha surpresa, percebi que sua pele era inteiramente coberta de tatuagens, do alto da testa aos pés descalços!

Ele não havia notado minha presença, por isso fiquei imóvel, sem saber se corria e saltava pela janela, se me armava do arpão ao lado da cama ou se rezava à espera de que se deitasse a meu lado.

Do pequeno saco que trazia, o homem tirou tranquilamente uma estatueta negra, a que dedicou algumas orações, e que supus tratar-se de algum deus.

Em seguida, saltou para a cama tão perto de mim que não pude deixar de gritar. Espantado, ele me agarrou pelo pescoço e me ergueu no alto, com a maior facilidade.

– Largue-me, por favor! – supliquei.

– Quem ser você? Se não dizer, eu matar e fazer picadinho de homem gritador...

– Socorro! Socorro! – gritei o mais alto que pude.

Graças a Deus, o dono da estalagem entrou no quarto, e eu consegui me soltar das garras daquele selvagem.

– Acalme-se, Ismael, não tenha medo de Queequeg, ele não lhe fará mal...

– Quee... o quê? – perguntei atônito.

– Queequeg, meu rapaz. Queequeg é um bom homem – disse ele abraçando o arpoador, que logo se acalmou e me olhou amistosamente como se me conhecesse desde muito tempo. – Ouça, Queequeg, você me conhece, eu o conheço. Esse homem vai dormir com você, entendeu?

Fiquei a sós com Queequeg e me acalmei, finalmente. Deitei-me num canto da cama, e Queequeg, no outro. Em um minuto, já estávamos dormindo, exaustos. Confesso que, naquela noite, tive um dos melhores descansos de toda minha vida.

Dois amigos

Na manhã seguinte, acordei com o pesado braço de Queequeg sobre meu pescoço. Quase sufocado, tentei libertar-me, sem sucesso, daquele surpreendente e indesejado abraço.

Ainda que o rosto de meu adormecido companheiro de quarto tivesse uma ternura que somente as boas almas possuíam, eu precisava respirar. Tentei, assim, acordá-lo com delicadeza:

– Queequeg, acorde! Ei, amigo, acorde!

Ele soltou um grunhido, sacudiu-se como um cão ao sair da água, olhou-me assustado, parecendo não me reconhecer, depois esfregou os olhos e pulou da cama com um só movimento. Olhou-me novamente e, como se recordasse a noite anterior, abriu um largo sorriso cúmplice.

Em seguida, sem dizer palavra, arrumou-se rápido e saiu do quarto, deixando-me livre para levantar sem ninguém por perto. Meu amigo era realmente um homem muito gentil.

Quando cheguei para tomar o café da manhã, Queequeg já estava sentado entre outros baleeiros. Servi-me de pãezinhos quentes e café, enquanto meu amigo deliciava-se com diversos pedaços de bifes quase crus. Devorava-os com uma tranquilidade inquietante.

Com o estômago revirado, saí da estalagem o quanto antes e, sem ter o que fazer, acabei perambulando pelas ruas de New Bedford o dia inteiro.

À noite, sentado lado a lado para jantar com o homem tatuado, descobri que ele desejava viajar à caça de baleias, como eu. Juntos, então, decidimos que na manhã seguinte partiríamos para Nantucket e buscaríamos o mais rápido possível embarcar em um baleeiro.

No quarto, meu companheiro passou um bom tempo diante de seu ídolo negro, Yojo, pronunciando palavras incompreensíveis, orando com uma fé de fazer inveja a qualquer cristão como eu. Naquela hora, dei-me conta de que ali estava nascendo uma grande amizade.

Conversamos muito naquela noite. E, de pergunta em pergunta, pude conhecer um pouco de sua história.

Queequeg nascera em Kokovoko, pequena ilha do Atlântico que nem sequer aparece no mapa. Lá, seu pai era uma espécie de rei, mas Queequeg, contrariando o desejo de seus ancestrais, queria viajar pelo mundo a bordo dos baleeiros que por lá passavam e não pensava em governar seu povo.

Quando um barco ancorou na baía de Kokovoko, o corajoso menino selvagem ofereceu-se para trabalhar nele. Como a tripulação estava completa, não o aceitaram. O jovem Queequeg, então, embarcou às escondidas.

Ao descobri-lo, o capitão deu ordens para cortar-lhe os pulsos e atirá-lo aos tubarões. Como um verdadeiro filho de rei que era, o jovem aceitou seu destino sem pestanejar.

O capitão, impressionado com sua coragem, declarou:

– Está bem, fique conosco! – E, voltando-se para seus homens, instruiu-os: – Cuidem dele. É um garoto forte... Façam com que se torne um grande baleeiro!

Após aquele acontecimento, Queequeg navegara por todos os mares conhecidos, em numerosas expedições de pesca, e visitara dezenas e dezenas de portos e cidades.

– Não tem vontade de voltar para sua ilha? – perguntei-lhe. – Talvez seu pai já tenha morrido...

– Sim, ele morto – respondeu. – Mas mim não pensar voltar lá. Mim querer ainda ver muitas coisas e arpoar muitas baleias. Agora, nós dormir, porque amanhã nós partir para a grande pesca!

Antes do amanhecer, já estávamos no porto, onde embarcamos em um grande veleiro em direção à ilha de Nantucket.

Emocionados e alegres como crianças, Queequeg e eu lançávamos longas gargalhadas ao vento, sem perceber que outros passageiros zombavam de nós.

Não sei como, Queequeg reparou em um cretino que lhe fazia caretas, imitando um animal selvagem. Sem hesitar, meu amigo largou seu arpão e agarrou o fedelho, levantando-o no ar como havia

feito comigo dias antes. Jogou-o para o alto, voltou a segurá-lo no ar e aplicou-lhe uma boa palmada, deixando-o esborrachar-se no chão. E, como se nada tivesse acontecido, voltou a conversar comigo.

O jovem imbecil, no entanto, foi reclamar com o capitão, um grandalhão magricela, que veio ao encontro de Queequeg e disse:

– Quem você pensa que é, hein? Podia ter matado o pobre rapaz!

– Mim matar ele? – questionou Queequeg, encarando o capitão. – Oh, não... Ele peixinho muito pequeno. Mim nunca matar peixinhos, mim matar baleias grandes!

– Ora, seu patife... – urrou o furioso capitão. – Você mata baleias, e eu mato homens metidos como você!

A ameaça do capitão, porém, foi interrompida – para sua sorte – por uma forte rajada de vento, que inclinou o barco, sacudiu os passageiros e lançou para fora justamente o covarde engraçadinho.

– Homem ao mar! Homem ao mar! – gritaram todos em pânico.

Então, calmo como se estivesse em terra firme, Queequeg tirou o blusão, subiu na borda do barco e mergulhou. Dez segundos mais tarde, reapareceu à superfície, nadando com uma das mãos e segurando com a outra o rapaz que o havia provocado.

Enquanto tratavam de reanimar o afogado, Queequeg viu-se rodeado por todos os passageiros que o felicitavam pelo bravo sal-vamento. Ele recebeu, inclusive, as sinceras e envergonhadas desculpas do capitão.

Depois, despreocupado e de bem com a vida, meu amigo vestiu seu blusão e voltou a olhar para as águas e para o céu, como um homem satisfeito consigo mesmo e, mais que isso, com o mundo inteiro.

A partir desse dia, e até aquele em que se lançou para seu último mergulho, agarrei-me a Queequeg como uma ostra a um rochedo.

Pequod – meu belo navio

Chegamos a Nantucket ao final da tarde. Jantamos como tubarões esfomeados ao redor de uma baleia capturada e dormimos como imagino que descanse um predador dos mares saciado.

Ao alvorecer, achei que era tempo de pôr em prática nossos planos. Seria preciso encontrar um navio baleeiro que nos aceitasse para uma expedição ao Pacífico.

Queequeg, após consultar seu deus Yojo, avisou-me que a escolha do barco em que íamos navegar deveria caber unicamente a mim. Explicou-me que Yojo já havia escolhido o barco, mas que, para me proteger, eu deveria encontrá-lo como se fosse por acaso.

A ideia não me agradava, pois eu não entendia muito de baleeiros e contava com a experiência de Queequeg para essa tarefa. Não me restava, porém, outra alternativa, e, se Yojo queria me proteger, que assim fosse.

Fui direto ao cais. Depois de muito perguntar, descobri três grandes navios que estavam prestes a zarpar em longas viagens de cerca de três anos. Um chamava-se *Endemoniado*, e achei seu nome um pouco assustador para passar três anos de minha vida dentro dele. O outro chamava-se *Gulodice*, mas não consegui encontrar seu capitão para me oferecer para a viagem. O terceiro era *Pequod*, nome de uma extinta tribo indígena.

Era um velho e precioso navio. Fazia um século que cortava os oceanos ao redor do planeta, e seus sucessivos comandantes haviam cravado, em suas paredes e no casco, inúmeros desenhos e acessórios que lhe davam o aspecto de um escudo antigo.

Seu resistente casco tinha a coloração bronzeada de um entardecer, sua proa sugeria longas barbas, e seus mastros eram rígidos como a coluna vertebral de um gigante da antiga Grécia. No entanto, dele emanava uma pesada tristeza.

Não sei por que estranho motivo simpatizei com aquele barco e, assim que subi a bordo, senti que nele faríamos nossos destinos. Talvez Yojo tivesse uma explicação...

Logo avistei um velhote sentado ao lado do mastro grande, sob uma espécie de tenda, e pensei que era com ele que deveria falar:

– Com licença... É o senhor que comanda o *Pequod*?

– Não, meu jovem, sou apenas o proprietário desta embarcação. Já não navego há muito tempo. O que você quer?

– Queria embarcar – respondi.

– Embarcar? Você não tem cara de quem entende de baleias...

– Não, mas posso aprender depressa. Fiz várias viagens em navios mercantes e...

– Não, meu jovem, é tolice. Você não tem aparência de quem consegue apanhar uma baleia – desafiou ele, bastante desanimado. – Tenho certeza de que nem conhece o capitão Ahab, não é?

Diante de minha negativa, prosseguiu:

– É ele o comandante do *Pequod*. Agora, ouça bem: antes de pensar em fazer parte desta tripulação, é bom que conheça o capitão Ahab. Será fácil identificá-lo, pois só tem uma perna.

– Isso quer dizer... – relutei em concluir.

– Exatamente o que pensou: uma baleia a arrancou. Sua perna foi triturada e esmagada pelo mais monstruoso de todos os cetáceos, a gigantesca Moby Dick. Mas me responda uma coisa: você teria coragem de lançar um arpão na garganta de uma baleia? E, equilibrando-se em uma pequena e frágil baleeira de caça, persegui-la até ela se cansar? Vamos, responda depressa, que tenho mais o que fazer.

– Acho que sou capaz – contestei sem pestanejar. – Claro que preciso de um pouco de treino...

– Olhe, rapaz, hoje estou generoso. Você é muito sincero, e acho que merece uma oportunidade. Vou lhe pagar trezentos, ou seja, de

tudo o que ganharmos com a expedição, divida esse valor por trezentos, e essa será sua parte.

– É pegar ou largar... – propôs o velhote, começando a preencher o contrato. Era uma miséria, mas tive de aceitar. – Ismael é seu nome, não é? Pois assine aqui!

Enquanto assinava, lembrei-me de meu amigo e o descrevi para o velhote como um verdadeiro arpoador, homem que já havia matado um sem-número de baleias. Ele se impressionou com as características de Queequeg e, um pouco desconfiado, pediu-me que o buscasse imediatamente.

Quando voltei com meu amigo, o velhote chamou toda a tripulação para conhecer aquele estranho selvagem, tatuado da cabeça aos pés. Os outros marinheiros, talvez enciumados, quiseram uma prova da capacidade de Queequeg.

– Ver aquele mancha de óleo lá longe? – perguntou Queequeg ao velhote, apontando para a água. – Você ver bem? Então, você pensar ser olho de baleia. Agora, você olhar...

O arpão partiu zunindo o ar e caiu precisamente no centro da mancha de óleo.

– Agora – disse Queequeg, puxando tranquilamente a corda do arpão –, você compreender que baleia estar morta, certo?

– Rápido, rápido – gritou o proprietário do *Pequod* –, tragam-me um contrato para esse baleeiro! Como é mesmo seu nome? Quoquog, Quooqueg...

– Queequeg – interrompi. E antecipei-me: – Quanto vão lhe pagar?

– Fique tranquilo, jamais pagamos um valor tão alto para um arpoador como pagaremos a ele! Venha, assine aqui – disse o velhote. – Se não sabe escrever, faça uma cruz.

Realmente, iam lhe pagar uma fortuna! Meu amigo já havia passado, muitas vezes, por situações iguais a essa, portanto não se atrapalhou nem um pouco. Tomou a pena em sua mão direita e copiou no papel a reprodução exata de um desenho que tinha tatuado no braço esquerdo. Essa era sua identificação.

Natal em alto-mar

Tivemos de esperar ainda dois dias antes que o *Pequod* se aprontasse para levantar ferro, como dizemos quando um navio está para partir. Assim, em uma manhã cinzenta e brumosa, pusemo-nos a caminho do porto.

– Olhe ali, Queequeg, são marinheiros correndo para o cais. Aposto que o *Pequod* está prontinho para sair!

– Nós correr, amigo Ismael, nós correr...

Quando subimos a bordo, finos flocos de neve apareceram para nos recepcionar. O capitão Ahab, entretanto, continuava sem dar as caras.

Havia tantos preparativos dentro do navio que, apenas no final da tarde, o *Pequod* pôde levantar âncora e abrir as velas. Era 24 de dezembro, um dia curto de inverno em Nantucket. Fazia muito frio e, quanto mais ganhávamos velocidade, mais o vento gelado feria nossos rostos.

Em poucas horas, estávamos em pleno oceano. À nossa volta, a espuma formava sobre o mar desenhos de toda espécie. Uma espessa camada de neve amontoava-se no bico da proa, e os dentes de baleia cravados nos suportes das redes cintilavam ao luar.

Era noite de Natal, mas ninguém além de mim parece ter se lembrado disso no *Pequod*. “Seria um mau presságio?”, pensei. Quis comemorar com meu amigo Queequeg, porém achei que não faria sentido diante das crenças dele, tão diferentes das minhas. Então, decidi ficar sozinho e observar quem seria minha família nos próximos anos, em alto-mar.

Queequeg certamente seria minha âncora pessoal, aquele que me faria sentir que o *Pequod* poderia ser minha casa.

Aos poucos, fui conhecendo a tripulação do navio. Seu primeiro imediato era Starbuck, um homem duro e severo, mas muito justo. Tinha cerca de trinta anos, era alto, muito magro e bem saudável: todo nervos, músculos e muita coragem.

"Não quero neste barco homem que não tenha medo de baleia", ele costumava dizer, pois achava que a melhor coragem vem vestida de prudência, e quem não teme nenhum perigo faz um voo cego para a morte.

Apesar de novo, já tinha navegado por todo o mundo e era um sábio conhecedor dos oceanos e das baleias. Sentia-me confiante em saber que o navio estava em suas mãos.

Subordinado a Starbuck, Stubb era um tipo brincalhão e muito calmo. Tinha um sangue-frio impressionante: quando se encontrava bem próximo de uma baleia agonizante, usava sua lança contra o animal como se estivesse espetando um bife antes de comê-lo. Habilidoso na condução das pequenas baleeiras, estava sempre de bom humor e enfrentava o perigo assobiando e cantando. Acho que Stubb nunca pensava na morte, agia como se ela fosse sua velha companheira de guerra.

O terceiro imediato era Flask, um jovem baixinho e forte. Destemido, parecia ignorar o medo e caçar baleias para se distrair. Queria sempre matar o maior número delas, tratando-as como ratazanas que infestam nossa casa, ou melhor, o oceano.

Esses três oficiais – Starbuck, Stubb e Flask – eram pessoas essenciais para a tripulação do *Pequod*, pois comandavam as baleeiras do navio. Armados de lanças reluzentes, formavam um esplêndido trio.

Em torno desses oficiais, circulavam pessoas não menos importantes: os arpoadores. Os três principais eram Queequeg, Tashtego e Daggoo. Tashtego era um indígena de grandes olhos e farta cabeleira negra. Daggoo era um gigantesco homem negro de andar pesado e que tinha as orelhas ornadas com mais de uma dezena de pequenas argolas.

Quanto ao resto da tripulação, era formada por marinheiros de diversos cantos do planeta. Nem todos falavam a mesma língua e viviam bastante isolados, como se fossem sombras vivas em torno do misterioso e todo-poderoso capitão Ahab. E este, até agora, era para mim um verdadeiro fantasma que diziam estar enfurnado em sua cabina.

Nas primeiras semanas de navegação, eu sentia, a cada dia, como nos afastávamos do inverno, em direção ao sul. E foi assim, numa manhã ainda brumosa e menos fria, que subitamente estremeci com a visão que tive: o capitão, enfim, deu as caras. Eu o vi a poucos metros, em pé, no castelo de popa, imóvel, com os olhos fixos no horizonte, para o qual um forte vento nos conduzia velozmente.

Por um instante, fiquei fascinado com o que via. Ahab tinha os cabelos grisalhos e a pele seca, como se estivesse sem alimento em um deserto ensolarado. Alguém havia comentado que aquele homem parecia ter sobrevivido a um incêndio, tendo sido retirado quando as chamas começavam a consumi-lo.

O mais impressionante era a perna falsa sobre a qual ele se apoiava, feita de marfim polido retirado de uma baleia. Diziam que tinha muitas pernas iguais àquela guardadas em uma maleta.

Após sua primeira aparição, o capitão Ahab voltou para a cabina. Mas, com a melhora constante do tempo conforme nos aproximávamos do Equador, voltamos a vê-lo com mais frequência e, aos poucos, fomos nos acostumando a ele.

De vez em quando, o capitão fitava-nos e advertia:

– Ei, todos vocês, atenção! Vocês aí em cima dos mastros, vocês aí na proa... Há baleias por perto? Não deixem de olhar! Se virem uma baleia branca, berrem até estourar os pulmões! Agora, vamos, mexam-se... E atenção: mantenham os olhos bem abertos!

Ah, as baleias... Onde estariam as baleias? Quando eu me depararia, enfim, com uma baleia, quando?...

Moby Dick e o desafio de Ahab

Certo dia, logo após o café da manhã, o capitão Ahab saiu de sua cabina e subiu à ponte acima do convés. Sua fronte enrugada parecia o registro de uma ideia fixa. Caminhava de um lado a outro, marcando o teque-teque de seu passo firme e duro. Ficou muitas horas em silêncio, com a expressão de um fanático prestes a cometer um ato de loucura. De repente, chamou Starbuck e ordenou:

– Junte todos na popa! E vocês também, vigias, desçam daí de cima!

Toda a tripulação, receosa e surpresa, agrupou-se diante de Ahab. O capitão lançou um rápido olhar a todos. Depois, mãos nas costas, cabeça inclinada para a frente, voltou a caminhar diante de nós.

– Ele não tem uma nuvem de tempestade no rosto? – cochichei ao ouvido de Queequeg, brincando.

– Disse alguma coisa, rapaz? – interpelou-me o capitão.

– Não, senhor, não... – respondi, amedrontado.

– Pois bem... – o capitão ergueu a cabeça e disparou: – O que vocês fazem quando veem uma baleia?

– Avisamos a todos imediatamente! – responderam os vigias.

– Muito bem... Depois, o que fazem?

– Lançamos as baleeiras ao mar e a perseguimos!

Com uma expressão de satisfação selvagem e os olhos brilhantes, o capitão voltou a falar:

– Vigias, é a vocês que me dirijo agora... Lembram-se de quando falei sobre uma baleia branca? Pois bem – acrescentou, levantando acima da cabeça um objeto brilhante –, veem esta moeda de ouro espanhola? Ela vale muitos dólares!

Ahab aproximou-se do mastro grande e prosseguiu com o mesmo entusiasmo:

– Esta moeda pertencerá ao primeiro que vir uma baleia branca de testa enrugada, maxilares à mostra e três buracos do lado esquerdo da cauda!

Dizendo essas palavras, o capitão pregou a moeda na madeira do mastro. Entusiasmados, os marinheiros saudaram a uma só voz:

– Hurra! Hurra! Hurra!

Tashtego, o índio arpoador, avançou um passo e perguntou:

– Essa baleia não é a tal Moby Dick, capitão?

– É Moby Dick, sim – grunhiu o velho marinheiro. – Então, você a conhece, Tash?

– Acho que sim, capitão. Antes de mergulhar, ela movimenta a cauda em forma de um grande leque...

– E ela espirra um jato grosso e forte, não é, capitão? – interferiu o grandalhão Daggoo.

Então, Queequeg também comentou:

– E ela ter arpões, baleia branca ter arpões presos na pele. Ser arpões torcidos como... como...

– Como saca-rolhas! – gritou o capitão. – Sim, Queequeg, os arpões se torcem no corpo dela como saca-rolhas... Você também tem razão, Daggoo: seu jato é o mais poderoso e mais espesso de todas as baleias! Você também está certo, Tashtego: quando ela se agita, a cauda parece uma vela rasgada estalando durante uma tempestade! Maldito inferno, rapazes, vocês conhecem mesmo Moby Dick, vocês já se encontraram com Moby Dick!

Starbuck, em tom bastante sério e em voz baixa, comentou com o capitão:

– Não foi Moby Dick que lhe arrancou a perna?

– Quem lhe disse isso? – reagiu Ahab, mas logo se controlou: – Sim, meu caro Starbuck, foi Moby Dick que fez isso comigo... É a ela que devo este coto de perna que me restou! Foi essa maldita baleia branca que fez de mim, para o resto da vida, uma espécie de marinheiro de água doce!

Cada vez mais irado, Ahab nos assustava. Erguendo aos céus os braços trêmulos, arrematou:

– Vou persegui-la em qualquer parte do mundo: no cabo da Boa Esperança, na Índia, nos mares do Japão... Seja lá onde for, até no inferno se for preciso, vou encontrá-la! É para isso que vocês estão aqui, para matá-la junto comigo! Quero vê-la esguichar sangue negro! Quero vê-la de barriga para o ar! E vocês, homens corajosos, vão ajudar-me nessa tarefa, não vão?

– Sim! – gritaram todos.

– Tragam uma jarra de rum... Vamos beber à morte da maldita Moby Dick!

Em meio a todos, ao menos duas pessoas não se animavam tanto com a ideia maluca do capitão Ahab: Starbuck e eu. Achávamos injusto ter de servir ao capricho de vingança de um homem e arriscarmos nossa vida por isso. Afinal, uma baleia só reage por instinto contra quem a ataca. Moby Dick tinha arrancado a perna de Ahab apenas para se defender!

Percebendo nossa expressão de insatisfação, o capitão dirigiu-nos a palavra:

– Quem acha que não é justa nossa missão ignora muitas coisas da vida... Como pode um prisioneiro fugir de uma prisão sem destruir o muro que o prende? Pois essa baleia é nosso muro e, por isso, devemos destruí-la! Moby Dick não sai de minha cabeça... – justificou-se o capitão e, muito cansado, finalizou: – Passem a jarra de rum primeiro aos arpoadores, pois eles serão os verdadeiros senhores dessa festa, e depois aos oficiais e ao resto da tripulação. E que Deus nos ajude...

O capitão partiu em direção a sua cabina, acenando com uma das mãos.

Naquela noite, custamos a dormir. Moby Dick não saía de nossas mentes, de nossos sonhos... Ou melhor, de nossos pesadelos!

A baleia fantasma e a grande baleia de Stubb

A primeira baleia que vimos parecia um fantasma. Os dias e os meses iam passando, e o *Pequod* já havia deslizado pelo Atlântico em vários sentidos, chegando à Patagônia, no sul da América do Sul.

– Atenção! Olhem... Ali, ali, uma baleia! – gritou Stubb, parecendo uma trombeta a soar no alto do mastro.

Dois segundos depois, o capitão Ahab apareceu na ponte, com seu passo rápido e martelado. Ordenou que se desfraldassem as velas, distribuiu vigias pelos cantos do navio e aguardou um novo sinal do animal. Mas nada... O *Pequod* deslizou silencioso sob as estrelas da noite. Somente se ouvia o martelar dos passos do capitão.

No dia seguinte, à mesma hora, os vigias assinalaram de novo um jato de baleia ao longe. Dessa vez, ela foi vista por toda a tripulação. Mas, quando fomos atrás dela, havia desaparecido.

E assim, noite após noite, a história se repetia: o jato espirrado, a baleia e a dissolução da imagem, como num sonho. Havia quem

dissesse que se tratava de Moby Dick e que ela estaria brincando com Ahab. O capitão apenas se enfurecia e silenciava.

Quando nos aproximamos do cabo da Boa Esperança, o medo tomou conta de cada tripulante. Enfim, pudemos entender bem por que aquela curva ao sul do continente africano foi chamada, um dia, de Cabo das Tormentas: tempestades nos castigavam, e ondas enormes sacudiam e atormentavam a todos. O controle da situação deveu-se ao comando do capitão, sempre preciso e eficiente.

Numa das manhãs mais azuis e transparentes de toda a viagem, eu estava de vigia no mastro menor. Encostado à vela bamba e embalado pelo movimento ondulante do navio, avistei, muito perto de nós, uma gigantesca baleia que nadava em meio às ondas, lançando de tempos em tempos um jato de água vaporizada. Mal acreditando no que via, dei o aviso.

Alguns minutos mais tarde, o capitão ordenou:

– Baleeiras ao mar!

Em pouco tempo, as baleeiras já haviam sido lançadas. Mas a baleia logo pressentiu que se iniciava uma perseguição contra ela e desenhou uma majestosa curva, afastando-se de nós.

Ahab recomendou silêncio a todos, a fim de que percebêssemos qualquer sinal dela. Como por milagre, de repente, uma cauda agigantou-se no ar, bem diante de nossos olhos e voltou a mergulhar.

– Essa é minha! – vibrou Stubb, antevendo o sucesso da caça.

Tashtego, Daggoo e Queequeg, nossos arpoadores de ouro, movimentavam-se de um lado a outro, cada um em sua baleeira, atrás de uma boa posição para arremessar seus arpões.

A primeira linha a cortar o vento foi de Tashtego. Sua baleeira passou a ser arrastada a alta velocidade, parecendo voar entre as ondas, puxada pelo animal ferido, até que ele começou a se cansar, a perder força...

– Firme, rapazes, segurem firme! – bradou Stubb e, apoiando-se na borda de sua lancha, começou a desferir sucessivos golpes na baleia enfraquecida.

Por fim, Stubb mergulhou sua lança direto no coração do animal, que rolou sobre si com tanta violência que a baleeira teve de recuar. Apesar de todo seu esforço, a baleia não resistiu aos golpes e morreu.

Com as baleeiras em fila, rebocamos a baleia como se fosse um troféu. Éramos dezoito homens aos remos, ou melhor, trinta e seis braços, cento e oitenta dedos!

No entanto, gastamos muitas horas para levar o animal até o *Pequod*, onde o amarramos com a cauda para a proa e a cabeça para a popa, como era o costume.

Stubb, que havia comandado a ação do princípio ao fim, aproximou-se de Daggoo, sentindo toda a felicidade da vitória, e pediu-lhe:

– Salta um filé na chapa! – Ele queria ser servido de um suculento pedaço de sua caça, como merece o grande vencedor de uma batalha.

Naquela noite, não foi Stubb o único a comer carne de baleia. Centenas de tubarões comprimiam-se em volta do enorme animal morto, arrancando-lhe muitos pedaços de carne.

Entretanto, finda a aventura do dia, o capitão da embarcação olhou a baleia morta e comentou, resmungando:

– Podiam me trazer cem baleias como essa e de nada me serviriam, sabendo que Moby Dick continua viva! – e retirou-se para sua cabina.

Realmente, Moby Dick era um fantasma a atormentar a vida do capitão. Fantasma que agora perturbava também nossa vida.

Antes de dormir, a mesma pergunta ressoava em minha cabeça e na de meu amigo Queequeg: "Seremos capazes de encontrar e aniquilar a grande baleia branca?"

– Eu estar com raiva da baleia do capitão – comentou Queequeg, bastante alterado, traduzindo o sentimento de todos.

Notícias de Moby Dick

Estávamos em uma das rotas marítimas mais concorridas do planeta. E tudo indicava que viveríamos, cada vez mais, aventuras de caça às baleias.

Começamos a cruzar com navios que vinham de campanhas de pesca, algumas bem-sucedidas, outras nem tanto.

Um deles, o *Albatroz*, aproximou-se de nós, com seu casco enferrujado e marinheiros esfarrapados com barbas desgrenhadas. Quando Ahab perguntou-lhes se haviam visto a grande baleia branca, afastaram-se velozmente, deixando a resposta ao vento quente que nos abatia pouco a pouco.

Depois cruzamos com o *Jeroboam*. Sua tripulação anunciou pesarosamente haver perdido o maior de seus arpoadores em luta travada com... Moby Dick!

"Maus presságios", pensei com meus botões.

Quando cruzamos com o *Town-ho*, soubemos que também haviam tentado capturar Moby Dick e que, como resultado da caçada, acabaram por perder um de seus homens de maior coragem, além de uma de suas baleeiras, destruída por aquele apavorante monstro do mar.

Pelo que pude apurar, Moby Dick diferenciava-se das outras baleias por sua envergadura incomum e também pela cabeça toda branca e enrugada. Havia quem dissesse que ela podia estar, ao mesmo tempo, em mais de um lugar, o que obviamente não era verdade, mas mostrava como era temida a ponto de que se criassem histórias fantasiosas sobre seus reais poderes.

O fato de Moby Dick carregar em seu dorso vários arpões cravados por pescadores de todo o mundo levou à superstição de que se tratava de um ser imortal. O terror que provocava, porém, vinha essencialmente de sua inteligência maligna, nunca observada em outro animal.

Navegávamos próximos da Índia quando apareceu a embarcação *Donzela*, comandada por um capitão alemão. Enquanto ele e Ahab conversavam, oito baleias cruzaram a nossa frente. Passamos a disputá-las braço a braço. Apenas a tripulação do *Pequod* foi feliz em sua caça, levando consigo mais um grande animal, enquanto o *Donzela* partiu de mãos abanando.

No dia seguinte, abrimos rota em direção a um novo caminho. Aproximamo-nos da estreita península Malaia, a sudeste do Sião. Seguimos por caminhos cheios de ilhas, entre a Ásia e a Oceania. Passamos pelo estreito de Sonda, entre Sumatra e Java, "farejando baleias novas", como dizia o capitão Ahab.

Algumas semanas mais tarde, numa manhã muito clara, deparamo-nos com dezenas de baleias, nadando em grupo. Nunca havia visto tantas juntas.

Tivemos um exaustivo dia de caça, de calculados avanços e recuos numa luta incessante. O balanço final, porém, apurou apenas um animal morto, vitória da dupla Flask e Queequeg, que concluiu a caçada ensinando-me uma lição:

– Quanto mais baleias encontrar no caminho, menos baleias você matar, meu amigo!

Meu amigo está doente

Dois dias após aquela caçada, meu amigo Queequeg adoeceu. Ele havia passado mais de quarenta horas trabalhando no porão do navio, o que lhe provocou uma febre que quase lhe custou a vida. Sofri ao vê-lo rastejar na sombria umidade das profundezas da embarcação.

Na vida de um caçador de baleias, quanto mais ele se eleva na hierarquia de bordo, mais difícil é sua tarefa. Assim, Queequeg, depois de enfrentar as baleias vivas, tinha também de ajudar em seu esquartejamento, colocar as carnes nas caldeiras e arrumar os tonéis nas trevas do porão.

Pobre Queequeg! Contraiu, naquele poço gelado, um resfriamento tão grave que chegou a passar longos dias estendido em sua maca, com febre altíssima e a morte rondando por perto. Definhou tanto que, de seu corpo, pareciam restar apenas ossos e pele, com uma grande tatuagem a lhe aquecer a alma.

Fiquei o máximo de tempo possível ao lado de meu amigo, cuidando dele, ajudando o quanto podia. Sentia por ele um grande respeito. O mar parecia embalá-lo para seu último sono. Toda a tripulação dava-o por morto. Eu mesmo não tinha mais esperanças.

Aliás, o próprio Queequeg não acreditava em sua recuperação. Então, muito sereno, meu amigo pediu-nos um estranho favor.

– Quando estar em Nantucket, ver barquinhos feitos de madeira escura... Iguais às canoas de fazer guerra da ilha onde eu nascer. Entre nós, nativos de Kokovoko, quando guerreiro morrer, nós o embalsamar e o deitar em sua canoa. Depois, nós deixar as ondas o levar para os arquipélagos de estrelas.

– E o que você deseja, meu amigo? Quer que, após sua morte, o soltemos no mar?

– Sim, Ismael, mas não na maca onde eu estar. Eu ter medo de virar comida de tubarão! Querer canoa como aquelas que ver em Nantucket.

Foi comovente ouvir o último pedido de um grande amigo, de um homem tão nobre e corajoso como Queequeg. Levei o assunto ao conhecimento do capitão, que imediatamente ordenou ao carpinteiro que fizesse todo o possível para satisfazer o desejo de seu arpoador.

Smut muniu-se de sua régua e tirou as medidas do moribundo.

– Pobre-diabo! – resmungava o carpinteiro, marcando os traços a giz. – Agora só lhe resta morrer!

De volta a seu canto, o carpinteiro reuniu as ferramentas e as tábuas necessárias, madeiras muito parecidas com as descritas por Queequeg. E colocou a mão na massa. Quando pregou a última tacha, pôs a canoa no ombro e dirigiu-se para o castelo da proa, perguntando com ironia:

– Vão utilizá-lo já?

Alguns responderam-lhe com gritos de indignação, e Queequeg, que, para surpresa do velho Smut, tinha ouvido o comentário, disse:

– Trazer meu esquife já, querer provar.

A consternação foi geral. Mas quem teria coragem de impedi-lo? Ele solicitou seu arpão e seu remo, orientando para que os colocassem dentro da canoa escura. Em seguida, pediu um pedaço de pano e o enrolou como travesseiro. Então, ordenou:

– Deitar Queequeg lá dentro!

Sua vontade foi satisfeita, e ele ficou alguns minutos imóvel dentro da canoa. Depois, pediu-me para lhe entregar Yojo, seu pequeno deus. Colocou-o sobre o peito e cruzou os braços:

– Colocar a tampa! – ordenou, desejando que puséssemos a tampa que fechava quase toda a embarcação, deixando-lhe apenas a cabeça exposta.

Queequeg permaneceu ali, calmo e compenetrado, cerca de dez minutos. A cada segundo, suas feições pareciam mais vivas, ganhando ânimo rapidamente.

– Muito bem, agora colocar Queequeg na maca!

Assim se fez. No dia seguinte, presenciamos um verdadeiro milagre! Meu amigo levantou-se – ainda fraco, é verdade – e caminhou pela ponte do *Pequod*. Não podíamos acreditar no que víamos.

Sua recuperação era impressionante. E a sua explicação foi simples e enigmática:

– Aquela não ser hora de morrer. Ainda ter de fazer muito mais coisas nesta vida.

Após alguns dias, perguntei-lhe sobre a canoa, pensando que pediria para atirá-la fora. Meu amigo, porém, passou a usá-la como arca para guardar seus objetos pessoais. Esculpiu a tampa com a ponta da faca, ornando-a com desenhos que reproduziam suas tatuagens, que haviam sido feitas, segundo ele me contou, por um feiticeiro de sua terra.

A última lágrima do capitão

Quando passamos pelas ilhas Bachi e vi diante de meus olhos uma imensidão de mar azul, pensei em saudar o oceano Pacífico, mas não consegui. Embora tivesse realizado o sonho de toda minha juventude, um forte desânimo impedia-me de comemorar o feito.

Aquelas águas pareciam guardar um terrível mistério: seriam elas o túmulo de milhões de sombras humanas, de homens que ali perderam suas vidas e desfizeram os desejos de muitas famílias?

Como não queria mais pensar em morte e já estava cansado das maluquices do capitão, chamei meu amigo Queequeg, e fizemos um brinde... Nem me lembro bem a quê – acho que foi a nossa liberdade e ao fato de estarmos vivos!

Certa tarde, o *Pequod* teve de lutar contra um tufão que nos acertou em cheio; na manhã seguinte, as águas ainda estavam agitadas, levantando enormes ondas que batiam na popa.

O velho navio seguia em sua marcha constante, rumo ao Equador, quando os vigias nos avisaram da aproximação de um grande navio, o *Raquel*.

Ahab, como sempre, foi logo perguntando a seus tripulantes:

– Viram a baleia branca?

– Sim, senhor, nós a vimos ontem – respondeu aflitivamente Gardiner, o comandante do *Raquel*. – Por acaso não viram uma baleeira à deriva?

– Onde ela estava? – devolveu o capitão, ignorando a pergunta que lhe havia sido feita. – Você não a matou, não é?

– Ontem, ao final do dia, caçávamos algumas baleias, quando uma gigantesca onda branca, que estava a quatro ou cinco milhas do navio, avançou em nossa direção. Era Moby Dick – relatou Gardiner. – Um de nossos arpoadores alvejou-a, mas a peste branca puxou-o até que o perdêssemos de vista... O senhor poderá nos ajudar a encontrá-lo, não é?

Ahab a tudo ouviu com espantosa frieza. O comandante insistiu:

– Por favor, nos ajude! Esse arpoador é meu filho, senhor. Preciso encontrá-lo... O senhor nem sequer se comove, capitão?

Ahab levantou sua bengala em direção ao pai desesperado e, com voz grave, disse:

– Alto lá! Não conte comigo! – Sem mais palavras, voltou-se para dentro do navio. No caminho, instruiu Starbuck: – Faça com que sigamos viagem. Nem mais um minuto parado!

Toda a tripulação do *Raquel* ficou estarrecida com a crueldade de Ahab.

Naquela noite, vi o capitão sair de sua cabina, parar no alto da proa e ficar olhando para sua sombra deslizando nas ondas. Parecia sensibilizado.

Debruçando-me um pouco na proa, notei que seus olhos brilhavam, como se chorasse. Julguei até tê-lo visto deixar cair uma lágrima no mar, e provavelmente o Pacífico jamais guardou em si tesouro mais precioso do que aquela ínfima gota de água...

– O senhor está bem, capitão? – perguntou Starbuck, aproximando-se de Ahab.

– Starbuck, meu caro, num dia como hoje, quando eu tinha dezoito anos, matei minha primeira baleia. De lá para cá, foram quarenta anos de pesca. Você imagina o que é isso? Quarenta anos!

– Caço baleias há dez anos, capitão, e posso lhe garantir que já estou cansado desta vida...

– Desde minha primeira viagem, não passei em terra, ao todo, mais do que três anos! – prosseguiu Ahab. – Quarenta anos de furiosas batalhas e, depois de velho, vem essa maldita Moby Dick e me arranca uma perna... Starbuck, quando eu for enfrentar a baleia branca, deixe-me ir só, fique no navio...

– Capitão – murmurou Starbuck –, é mesmo indispensável matar esse maldito animal? Regressemos... Por Deus, vamos voltar para casa enquanto uma desgraça não nos abate!

Ahab não mais ouvia seu imediato. Tremendo como uma vara verde, esganiçou aos céus:

– Não é Deus que está em mim, meu caro, é o diabo! Tenho de cumprir minha missão, e ela tem um só nome: morte a Moby Dick! Ou mato a maldita baleia branca, ou todos nós morreremos juntos!

Direto do abismo

Naquela mesma noite, às quatro da manhã, Ahab apareceu no castelo da proa, levantou o rosto para o alto, respirou fundo e disse:

– Sinto cheiro de baleia no ar...

Não demorou muito para que os marinheiros de vigília, como eu, sentissem o odor característico que exala das baleias vivas. Ao amanhecer, o capitão pediu que reunissem a tripulação.

Daggoo começou a bater, com um remo, no piso de toda a embarcação. Um a um, os marinheiros foram saindo da escotilha.

– O que vocês estão vendo?

– Nada, capitão – respondemos.

– Como, nada? Olhem bem ao longe... O que é aquele jato? Reparem bem... Não é ela?! É sim... Aquela colina de neve que se aproxima de nós é Moby Dick!

– Sim, capitão, é Moby Dick! – repetiram em coro os três vigias do alto dos mastros.

Todos se empurravam para ver com os próprios olhos a baleia que perseguíamos havia meses, pelos mares do mundo. Como uma soberana dos oceanos, de tempos em tempos, ela jogava para o alto seu espesso jato de vapor de água.

– Fui eu que a vi primeiro! – gritou Ahab, como uma criança. – O dobrão de ouro é meu! Olhem lá minha baleia... Ela é minha, ela é minha!

Apesar da empolgação, o capitão conseguia organizar a caçada e pediu a Starbuck que preparasse três baleeiras. Como tinha sido combinado, ele permaneceria no comando do *Pequod*. Em seguida, Ahab orientou a saída das pequenas embarcações. Rápidas e silenciosas, as três baleeiras rasgaram as ondas ao encontro do inimigo.

Moby Dick deslizava tranquila como uma ilha cercada de espuma esverdeada. Era um espetáculo grandioso e inesquecível! Bruscamente, porém, ela agitou sua cauda, mergulhou e desapareceu. Os marinheiros, surpreendidos, ficaram com os remos para o alto, esperando, imóveis, o reaparecimento da baleia.

– Os pássaros! Olhem os pássaros! – gritou Tashtego, vendo um bando de aves acima das baleeiras.

Ahab sabia que os pássaros têm uma visão mais aguçada que a do homem, por isso inclinou-se sobre a borda de sua baleeira para sondar as profundezas das águas. Mal acreditou quando viu, subindo do abismo, uma gigantesca mancha branca que crescia a cada instante.

De súbito, uma bocarra torcida, de dentes cintilantes, apareceu diante dele. Era a poderosa Moby Dick em seu primeiro ataque!

O feroz animal abocanhou a proa da baleeira com tamanha violência que pude ver seu maxilar comprido e estreito sair da água e cravar os dentes na borda do barco.

Ahab fugiu para o outro lado e, com esse gesto, conseguiu salvar a própria vida. Enquanto isso, Moby Dick balançava o barco de um lado para o outro, quebrando-o lentamente como um frágil brinquedo. E nossos homens eram atirados na água, um a um.

Todos assistíamos boquiabertos àquele triste espetáculo. Ahab estava louco de raiva e também desesperado, pois, além de não ter conseguido atacar a baleia com seu arpão, debatia-se na água, temeroso de que ela o atingisse fatalmente.

Como se estivesse a desafiá-lo, Moby Dick parou à frente do velho capitão, levantando a grande fronte enrugada. Depois, soltou um esguicho de vapor de água, ergueu a cauda e mergulhou.

Starbuck aproveitou a trégua dada pela baleia, aproximou o *Pequod* das outras baleeiras e orientou o resgate do capitão e dos homens que com ele foram derrubados na água.

– Meu arpão, onde está meu arpão? – gritava o enfurecido capitão, com os olhos vermelhos de tanta raiva.

– Está aqui, capitão – respondeu Stubb, entregando-lhe a arma.

A noite caiu, e Moby Dick ainda não havia reaparecido. Os vigias estavam a postos. Ahab aproximou-se do dobrão pregado no mastro grande e falou:

– Desisti de ficar com a moeda... Vou deixá-la aí mais algum tempo. O próximo que avistar a baleia branca recebe a recompensa. Agora, deixem-me em paz! – pediu o capitão, recolhendo-se a seus aposentos.

A luta final

Assim que rompeu o dia, o *Pequod* colocou-se novamente em movimento, deixando atrás dele uma larga faixa de espuma e o pesadelo do dia anterior.

– Lá está ela! Olha o jato! É ela, é Moby Dick! – gritou um dos vigias, vendo a baleia emergir das profundezas.

– Vai, meu querido animalzinho, aproveita bem o tempo que lhe resta! – ironizou Ahab, olhos fixos em seu maior inimigo. – Chegou sua hora! Meu arpão está afiado esperando para matá-la... Agora, todos para a ponte! Starbuck, prepare uma baleeira nova para substituir a que foi perdida! Preparem-se todos e lancem-se ao mar... Vamos, ao mar, todos ao mar!

As três baleeiras puseram-se lado a lado, remando em direção a Moby Dick. A baleia, por sua vez, parecia dirigir-se à baleeira do meio, comandada pelo próprio Ahab.

Em poucos segundos, de boca aberta e batendo a cauda, Moby Dick trombou intencionalmente com as baleeiras, tentando virá-las. Recebeu em resposta os primeiros três arpões afiados, que se firmaram em seu dorso.

Começou, então, um combate que me parecia interminável. A baleia rodopiava em todos os sentidos e não demorou muito para conseguir emaranhar as três linhas, tornando-as cada vez mais curtas.

Percebendo que tudo estaria perdido se não tomasse uma decisão rápida, Ahab puxou uma faca e cortou a própria linha. O que foi bem a tempo, pois a baleia branca deu uma volta sobre si e puxou com força as baleeiras de Flask e de Stubb, jogando-os com violência para o alto.

Ao descerem, foram arrebatados por um só golpe da cauda de Moby Dick. As duas baleeiras ficaram completamente destruídas, e os marinheiros foram atirados ao mar.

Os pobres homens precisavam ser resgatados apressadamente, antes que os tubarões se aproximassem deles, mas Moby Dick

reapareceu como uma flecha furando as águas. Em fração de segundos, levantou com a cabeça a baleeira do capitão, jogando-a para cima. Ao cair com a quilha voltada para baixo, sua tripulação foi atirada às águas como focas saltando numa apresentação.

Starbuck assistia a tudo a bordo do *Pequod*. Julgando que era hora de intervir, aproximou a embarcação do grupo que boiava no mar, lançou uma canoa e conseguiu recolher todos os homens, seus remos, suas lanças e seus arpões torcidos.

– O senhor está bem, capitão? – perguntou-lhe Stubb.

– Estou intacto. Mas veja isso tudo, todas essas madeiras partidas... Que direção Moby Dick tomou, com meu arpão cravado nela? – perguntou o capitão. E sem querer desistir da luta, ordenou: – Starbuck, mande aparelhar as canoas de reserva!

Percebi que o capitão precisava de ajuda para andar, pois lhe havia sobrado apenas um toco de sua perna falsa. Em seguida, contamos a tripulação: tivemos uma baixa, a de Fedallah, remador do capitão. Não podíamos, porém, parar e chorar sua perda. Para o capitão, a luta deveria continuar!

Sem concordar com aquela caçada mortal, achei melhor ajudar meu amigo Queequeg, que havia machucado um braço ao tentar desvencilhar-se das linhas dos arpões.

Mais uma vez, Starbuck tentou convencer o capitão a parar com a caçada, pelo bem de todos. Entretanto, de nada serviram seus esforços.

– Vocês aí, ouçam bem: sou um velho, esgotado e doente. Nem posso mais ficar em pé sem um ombro amigo por perto... Mas continuo a ser o comandante de todos! Amanhã, Moby Dick voltará a aparecer e será seu último dia de vida. Podem estar certos disso! Vamos dar-lhe o derradeiro golpe! Vocês estão prontos?

– Sim, capitão, estamos prontos! – gritaram os marinheiros, sem outra alternativa.

Durante a noite, enquanto os arpoadores recuperavam-se para prosseguir lutando no dia seguinte, o carpinteiro tratou de fazer uma nova perna para o capitão.

Ao raiar do dia, todos se puseram atentos e munidos de coragem para embarcar nas canoas reservas. Quem primeiro viu a baleia foi novamente Ahab. E, em pouco tempo, os homens estavam no mar.

Muitos tubarões aproximavam-se das baleeiras e atrapalhavam os remadores, quicando as madeiras dos remos. Os tubarões não eram nada perto do que viria a seguir.

De repente, subiu das profundezas uma espécie de rugido. Surpresos, todos prenderam a respiração. Era Moby Dick, que, num salto inclinado, fincada de lanças e arpões e coberta com um emaranhado de linhas, movimentou a superfície das águas como em um maremoto.

Irritada com os ferimentos que havia recebido no dia anterior, Moby Dick parecia tomada pelo demônio. Franzindo as rugas da colossal cabeça, iniciou uma série de ataques, atirando-se contra as baleeiras diversas vezes, quase destruindo duas delas.

Inesperadamente, o capitão soltou um grito: havia visto o corpo de Fedallah, seu remador, preso às costas da baleia, entrelaçado pelas linhas. Era realmente uma imagem apavorante!

Àquela altura, restava no mar apenas a baleeira de Ahab. Tashtego, Queequeg e Daggoo conseguiram com esforço retornar ao *Pequod*, a fim de consertar suas canoas e voltar a combater.

Em sua baleeira, Ahab continuava sendo molestado pelos tubarões. Ele os observava, como se pensasse: "Quem esses tubarões esperam saborear? Moby Dick ou eu?"

De surpresa, como sempre fazia, Moby Dick apareceu bem ao lado do barco do capitão, que não hesitou: levantou-se, soltou um grito de guerra e cravou um novo arpão próximo à cabeça do animal.

Despertada pela dor, a baleia tentou se afastar, levantando Ahab preso à sua linha, que, para sua sorte, logo se rompeu. Moby Dick, irada, não se satisfez e nadou até o *Pequod*.

– O navio! Meu Deus! Ela vai atacar o navio! – gritou Starbuck, vendo a baleia investir em sua direção.

A primeira batida foi na proa do navio. A tripulação caiu ao chão, tamanha a força do impacto. A segunda batida foi embaixo do *Pequod*, rasgando-lhe o casco.

Solitário em sua baleeira semidestruída, o capitão desesperava-se, vendo o *Pequod* prestes a afundar. Não suportava a ideia de que o navio viesse a pique sem seu capitão no comando. E, em uma derradeira tentativa, lançou seu último arpão contra a baleia branca.

Ferida profundamente, a baleia fugiu em grande velocidade. A linha do arpão lançado por Ahab logo se emaranhou. Ele prontamente se inclinou para desembaraçá-la, mas, nesse momento, seu pescoço foi enlaçado por uma das voltas. E, arrastado pela linha, o capitão sumiu no mar...

A tripulação do *Pequod* ficou petrificada vendo-o ser levado de vez por Moby Dick enquanto o navio naufragava. A embarcação submergia, e seus tripulantes seguiam trabalhando, cumprindo suas funções. Nos três mastros que ainda estavam fora da água, os três vigias continuavam fielmente presos a seus postos.

Então, o mar, como em um pesadelo sem fim, começou a ceder, a abrir-se, formando um redemoinho que levava a tudo e a todos para o abismo oceânico. Pude assistir à cena completa, pois, por sorte, havia sido atirado mais longe do que todos... Coisas do destino!

Sem poder fazer nada, vi as ondas alcançarem a cabeça de Tashtego, de Flask... e de meu valente amigo Queequeg, que certamente não esperava morrer daquela forma. Um grande número de aves sobrevoava o rodopiar das águas que levavam para o fundo do mar minha mais recente família, meus amigos e o obcecado capitão Ahab.

Depois de toda a desgraça, a imensa mortalha do mar fechou-se, e sua superfície ficou lisa novamente, como se nada terrível tivesse acontecido.

Quando tudo cessou, veio à tona, do centro do turbilhão, a canoa mortuária de Queequeg. Ela foi minha salvação! Sobre ela, flutuei por todo um dia e uma noite. Os tubarões deslizavam a meu redor, inofensivos, parecendo amordaçados. A canoa de Queequeg protegia-me de qualquer ameaça.

Ao final, surgiu um navio, que se aproximou e me içou para seu interior. Era o *Raquel*. O capitão Gardiner, piedoso, seguia procurando inutilmente seu filho perdido. Para minha sorte, foi a mim que ele encontrou.

Dessa forma, a jornada do *Pequod*, de seu capitão e de sua corajosa tripulação chegou ao fim. Do naufrágio, restou somente um único sobrevivente, uma única testemunha: eu, Ismael, que agora termino de contar esta história. Quanto a Moby Dick, nunca mais ouvi falar dela.

Quem foi Herman Melville?

Um dos principais romancistas americanos, Herman Melville nasceu em Nova York, em 1819. Órfão de pai aos doze anos de idade, viu-se obrigado a interromper os estudos para ajudar a família.

Em 1839, trabalhou como grumete em um navio mercante americano. Tornou-se marinheiro em 1841, a bordo de um baleeiro de New Bedford, em Massachusetts. Empreendeu muitas viagens e viveu várias aventuras pelos mares do Sul. Em 1844, voltou para os Estados Unidos a bordo de um navio de guerra.

Melville escreveu seu primeiro livro, *Typee*, em 1846, seguido por *Omoo* (1847), *Mardi* e *Redburn* (1849). Em 1851, publicou *Moby Dick*, tardiamente reconhecido após a Primeira Guerra Mundial (1918), sendo considerado sua obra-prima. Entre outros romances do autor estão *Israel Potter* (1855) e *O vigarista* (1857). Seu último livro, Billy Budd, foi escrito em 1891, ano de sua morte, e publicado somente em 1924.

Quem é Leonardo Chianca?

Leonardo Chianca é paulistano e escreve textos de ficção para crianças, jovens e adultos. Tem vários títulos de literatura infantojuvenil publicados por diferentes editoras. É também editor de livros.

Aos oito ou nove anos de idade, assistiu ao filme *Moby Dick*, do diretor John Huston, e ficou fascinado pela força e a grandiosidade da baleia branca. As imagens daquela aventura em alto-mar jamais lhe saíram da cabeça e o inspiraram na adaptação desta obra.

Além de *Moby Dick*, adaptou *Ilíada*, *Odisseia* e *Os doze trabalhos de Hércules* (Reencontro Infantil), e ainda *Romeu* e *Julieta*, *Hamlet* e *Muito barulho por nada* (Reencontro Literatura). Escreveu *O menino e o pássaro* (coleção Biblioteca Marcha Criança) pela Scipione.

Moby Dick

Herman Melville

adaptação de Leonardo Chianca
ilustrações de Salmo Dansa

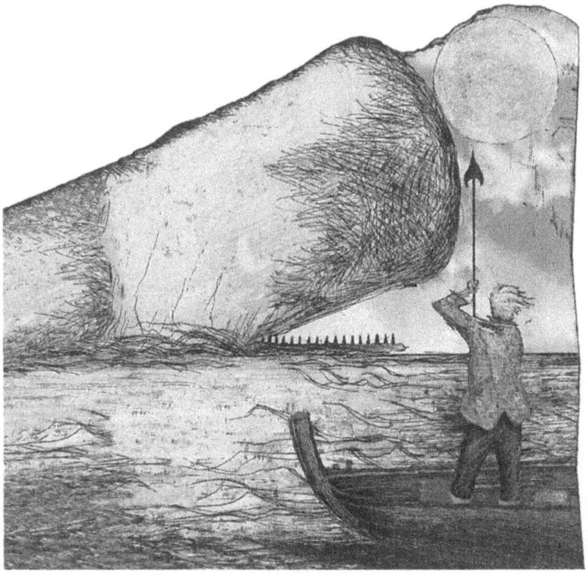

Quando decidiu zarpar no baleeiro Pequod, *Ismael não podia imaginar o que viveria naquela embarcação. Cada tripulante guardava uma história, e a do capitão Ahab era particularmente assustadora. Nessa viagem, o aventureiro aprendeu muito sobre os homens, o mar e as baleias, mas o destino de Moby Dick ainda lhe era desconhecido.*

REENCONTRO INFANTIL
editora scipione

Nos mares da história

1 Ao descrever a rota do baleeiro *Pequod*, Ismael falou de vários lugares por onde o navio passou. Escreva nos quadradinhos do mapa as letras correspondentes aos nomes dessas localidades. Se precisar, consulte um atlas.

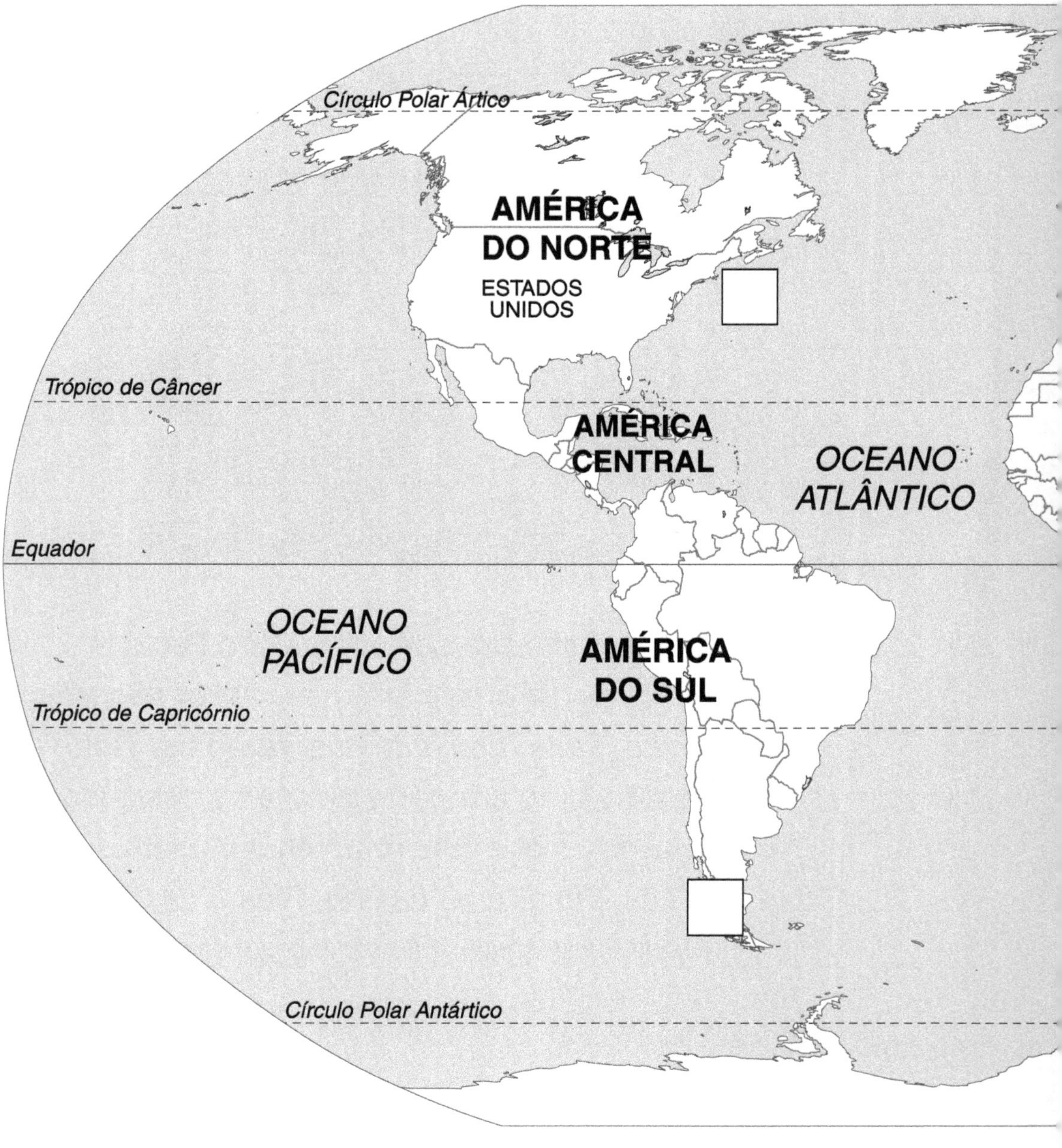

a) Ilha Nantucket, no oceano Atlântico, próxima aos Estados Unidos.

b) Patagônia, no sul da América do Sul.

c) Cabo da Boa Esperança, no sul da África.

d) Península Malaia, a sudeste do Sião (atual Tailândia).

e) Estreito de Sonda, entre as ilhas de Sumatra e Java, na Indonésia.

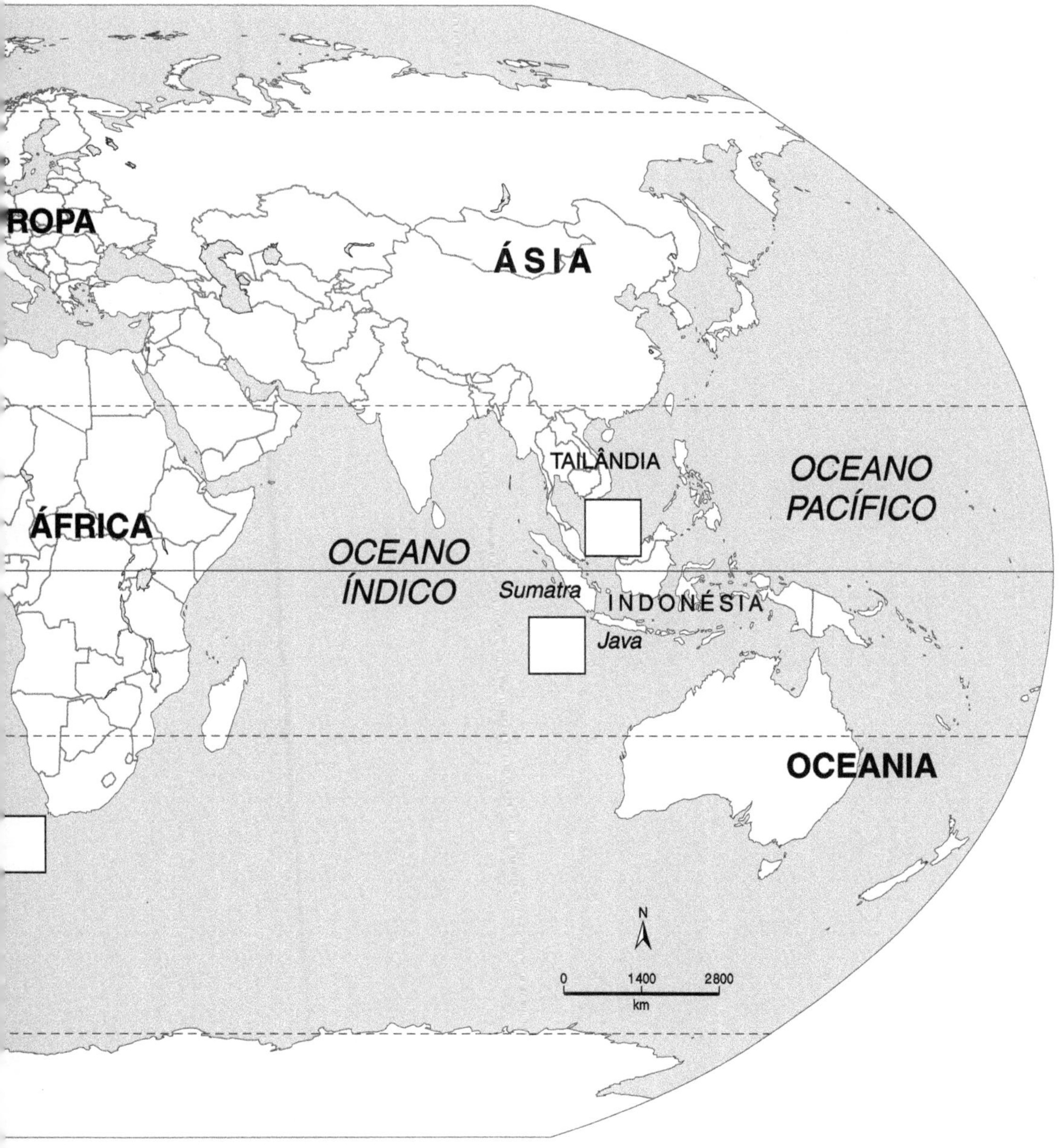

2 Para embarcar num navio, é importante conhecer, além dos segredos do mar, um pouco do vocabulário náutico. Procure no dicionário e escreva as definições das palavras a seguir.

a) porto

____

____

____

b) cais

____

____

c) proa

____

d) popa

____

e) escotilha

____

____

f) quilha

____

g) convés

____

h) mastro

____

____

Organizando o barco

1 No baleeiro *Pequod*, havia uma hierarquia de poder. O posto de capitão era o mais alto, e o de marinheiro, o mais baixo. Faça uma pesquisa e descreva a função de cada posto e o nome das personagens que os ocupavam na história.

a) capitão

b) primeiro imediato

c) segundo imediato

d) terceiro imediato

e) arpoador

f) marinheiro

2 "Na vida de um caçador de baleias, quanto mais ele se eleva na hierarquia de bordo, mais difícil é sua tarefa." Se você embarcasse num navio baleeiro, qual posto gostaria de ocupar? Por quê?

Compreendendo as personagens

1 Na solidão do mar, o navio torna-se a casa, e a tripulação, a família. Encontre no diagrama abaixo o nome daqueles que passaram a ser a família de Ismael.

C	S	R	T	Y	L	A	H	A	O	D	G	A	M	Z	U	C	F
O	A	H	A	B	H	T	M	K	D	E	F	K	L	U	M	S	P
K	U	V	C	F	E	R	G	T	Q	K	N	D	H	S	X	C	O
Q	C	G	F	S	T	A	R	B	U	C	K	E	R	T	D	S	B
J	A	E	B	B	U	T	O	Y	E	E	C	S	T	E	A	S	I
H	H	F	V	A	S	F	A	N	E	T	E	O	A	I	K	D	L
E	R	L	N	R	M	P	P	A	Q	Y	E	U	S	T	U	B	B
E	A	A	F	L	U	L	C	F	U	D	Q	R	H	B	M	V	X
C	T	C	H	O	T	I	A	D	E	S	T	A	T	U	A	S	N
V	R	A	K	V	S	T	S	Y	G	M	E	S	E	R	G	M	A
K	F	L	A	S	K	G	J	R	O	N	D	A	G	G	O	O	A
F	T	N	V	J	Y	D	T	A	B	U	P	A	O	U	J	B	P
E	R	E	Q	C	J	W	N	A	J	M	O	I	U	G	U	I	F

Agora complete as frases com os nomes que você encontrou.

a) Melhor amigo de Ismael e excelente arpoador. Tinha o corpo inteiro tatuado.

____

b) Jovem baixinho, forte e destemido.

____

c) Velho carpinteiro do navio, foi ele que construiu a canoa fúnebre para Queequeg.

____

d) Gigantesco homem negro de andar pesado, com várias argolas nas orelhas.

____

e) Indígena de olhos grandes e uma farta cabeleira.

____

f) Homem duro e severo, mas muito justo.

____

g) Capitão do *Pequod*, amargurado e obstinado por matar a baleia Moby Dick.

____

h) Tipo brincalhão e muito calmo, caçava baleias com impressionante frieza.

____

2 Use a sua criatividade e escreva cinco palavras que descrevam cada uma das personagens. Depois compare as palavras que você escolheu com as de seus colegas.

a) Ismael

____

____

____

b) Queequeg

____

____

____

c) Ahab

d) Moby Dick

3. Starbuck disse certa vez: “Não quero neste barco homem que não tenha medo de baleia”. Ismael compreendeu que “a melhor coragem vem vestida de prudência, e quem não teme nenhum perigo faz um voo cego para a morte”. Cite algumas situações do dia a dia em que, na sua opinião, temer o perigo é um sinal de sabedoria.

4. Construindo uma amizade.

a) Qual foi a impressão que Ismael teve de Queequeg quando o viu pela primeira vez?

b) Essa primeira impressão permaneceu na relação dos dois?

c) Você já passou por uma situação como essa, em que o preconceito surgiu num primeiro instante e depois foi vencido? Como foi?

5 Estabelecer uma meta e esforçar-se para alcançá-la é algo positivo. Entretanto, vimos que era doentia a obstinação do capitão Ahab por matar Moby Dick.

a) Na sua opinião, quando uma meta deixa de ser positiva para tornar-se negativa?

____

____

____

____

____

____

b) Por que podemos afirmar que a meta do capitão era negativa?

____

____

____

____

____

____

____

____

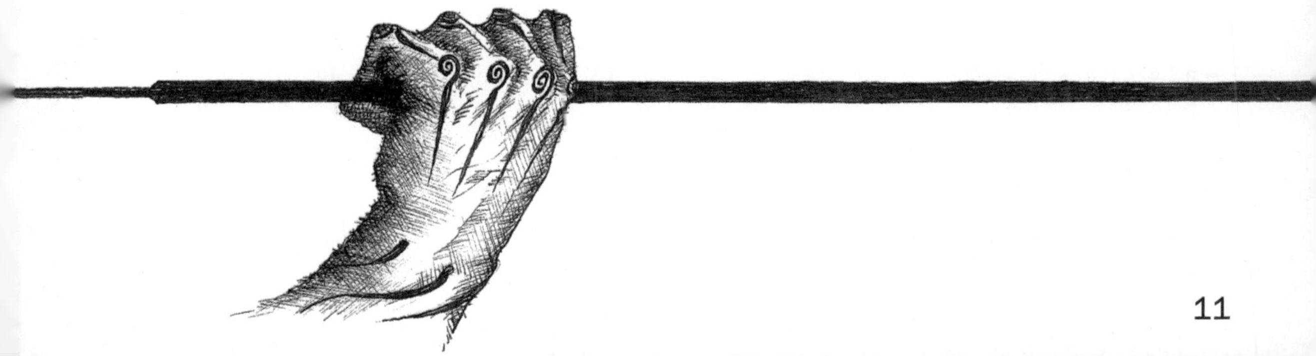

A grande baleia branca

1. Faça um desenho bem caprichado do animal gigante que tanto amedrontava as embarcações nos oceanos.

2 Havia muitas crenças em relação aos poderes de Moby Dick.

a) Que crenças eram essas?

____

____

____

____

____

____

b) Por que existiam todas essas superstições quanto à grande baleia branca?

____

____

____

____

____

____

Descobrindo terras novas

1. Ismael, que era católico, respeitava e admirava a crença que seu amigo Queequeg tinha por Yojo. Você acha importante respeitar a religião dos outros? Por quê?

2. Quando Queequeg se viu à beira da morte, pediu que lhe providenciassem um ritual fúnebre que seguisse as tradições de seu povo. Há sociedades que acreditam que a morte é algo bom, e outras a veem como algo ruim. Como ela é vista na sua comunidade? Descreva o ritual que a acompanha.

3 Ismael tinha muita vontade de viajar para terras desconhecidas. Na época em que ele viveu, uma das poucas maneiras de conhecer o mundo era tornar-se marinheiro. Nos dias de hoje, como podemos conhecer lugares distantes?

____

____

____

____

____

____

____

4 Quando Ismael começou a contar sua história, ele nos avisou que ela parecia inacreditável. Você sabe qual é a expressão popular que mostra uma desconfiança em relação a uma história que não parece verdadeira? Converse com seus colegas e com o professor.

____

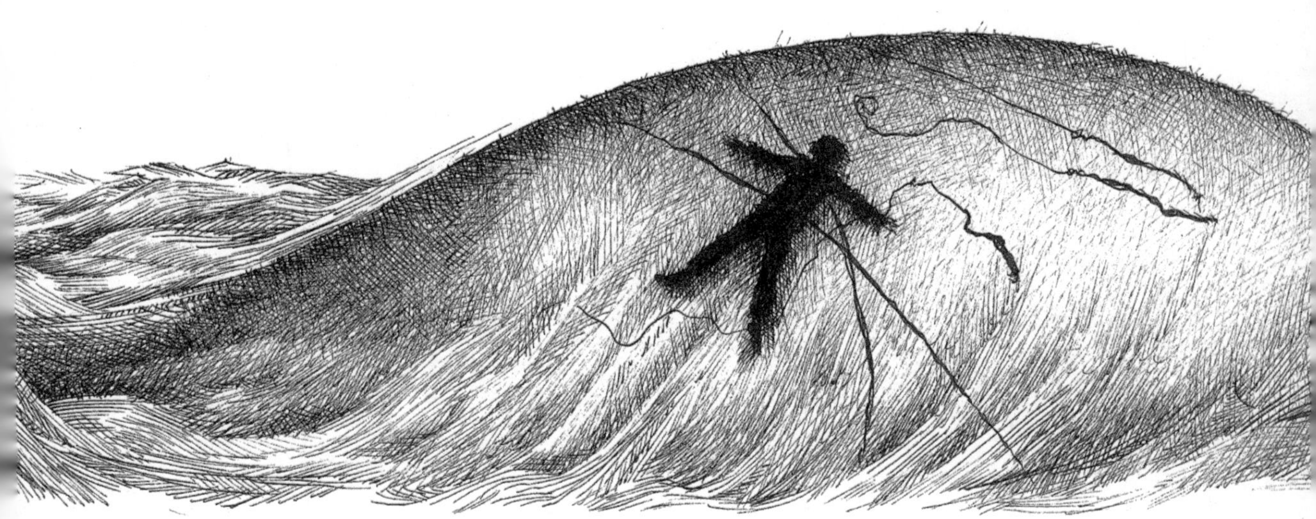

Para investigar

1. Hoje em dia, os baleeiros são muito mais modernos, e a caça às baleias é realizada de um modo diferente. Que tal se informar sobre o desequilíbrio ambiental que os novos baleeiros causam aos oceanos? Faça uma pesquisa bem caprichada.

2. Pesquise também sobre os países que proibiram a caça às baleias.

3. Você sabia que existem diferentes tipos de baleia? Vá com um colega à biblioteca e descubra os mistérios desses gigantes dos mares.